ki신서: 5873

너의 시 나의 책

1판 1쇄 인쇄. 2015년 4월 25일
1판 1쇄 발행. 2015년 5월 10일

손글씨. ______________________

시쓴이. 박준 송승언 오은 유희경

펴낸이. 김영곤
펴낸곳. 아르테

부사장. 이유남
책임편집. 원미선
문학개발실. 최은하 최아림 조안나
영업본부. 안형태 권장규 정병철
마케팅본부. 이희정 김한성 최소라
디자인. 강경탁

출판등록. 2000년 5월 6일 제10-1965호
주소. (우413-120) 경기도 파주시 회동길 201(문발동)
대표전화. 031-955-2100
팩스. 031-955-2151
이메일. book21@book21.co.kr
홈페이지. www.book21.com

아르테는 (주)북이십일의 문학브랜드입니다.

ISBN. 978-89-509-5862-6 03810

책값은 뒤표지에 있습니다.

너의 시
나의 책

손글씨로 만드는 나의 첫 시집

박준 송승언 오은 유희경 엮음

arte

프롤로그

당신의 오늘, 어떤 하루였나요?

SNS상에 시구를 올리는 일을 한 지 삼 년이 넘었다. 타임라인을 훑어보던 사람들의 마음을 건드리기 위해서였다. 마음을 건드린다는 말은 흘러가는 마음을 잠시 한곳에 붙들어놓는다는 의미다. 각종 정보가 넘쳐나는 SNS상에서 시구를 읽고 마음이 동해 갑자기 마우스휠을 멈추고 마는 것, 제어할 수 없을 정도로 빠른 타임라인의 속도 속에서 스스로에게 심호흡을 들이쉬고 내쉴 수 있는 기회를 제공하는 것, 그 시구에 마음을 뺏겨 그 시가 실려 있는 시인의 시집을 사는 것. 시인이 표현하고자 한 바를 담기에 140자라는 그릇은 너무 작았지만, 그랬기에 오히려 독자들에게 궁금증을 자아낼 수 있었다. 감질난다는 표현을 여기에 써도 될지 모르겠지만, 시구를 접한 독자들이 그 시의 여백을 상상하고 감질남에 못 이겨 스스로 서점에 달려갔으면 했다. 시집을 읽으며 시구의 여운을 이어갔으면 했다.

비단 나뿐만이 아니다. 언제부턴가 SNS상에 시를 올리는 사람들이 늘어났다. 나처럼 시구를 타이핑해서 올리는 사람들도 있었지만, 자신의 손글씨로 그것을 종이 위에 적은 뒤 사진을 찍어 이미지를 올리는 사람도 많았다. 개중에 어떤 사람은 긴 시의 전문全文을 적는 일도 마다하지 않았다. 비슷한 시기에 캘리그래피가 유행하면서 예쁜 글씨를 더욱 돋보이게 해주는 데 시가 활용되기도 했다. 닭이 먼저인가 달걀이 먼저인가 하는 물음처럼, 결과적으로 예쁜 글씨로 쓰인 시는 읽기에도, 보기에도, 느끼기에도 좋았다. 무엇보다 그들은 시를 적는 것을 마음 다해 즐기고 있었다. 재밌는 사실은 그들 중 대부분이 시인이 되려는 사람들이 아니었다는 점이다. 특정 목적을 위해 시를 필사筆寫하는 사람이 아니었던 것이다. 궁금증이 발동해 한 분에게 물었다. 직장에 다니는 그분은 퇴근한 후, 자기 전에 시를 써보면서 하루를 정리한다고 했다. 차를 마시며 한 자 한 자 적어 내려가는 그 시간이 그렇게 좋을 수가 없다고 덧붙였다. 나는 오랫동안 생각에 잠겼다.

누군가의 시를 백지에 직접 적어보는 일을 나부터 먼저 해봐야겠다는 생각이 들었다. 노트를 꺼내 나의 시를 또박또박 적어보았다. 그 시를 썼을 당시의 시공간이 지금 여기에 와 있는 것 같은 착각이 들었다. 시의 어떤 부분을 적을 때는 그 단어를 선택했을 때의 심경이 떠올랐다. 시를 따라 쓰다가 몇 번이나 심호흡을 했는지 모른다. 형용할 수 없는 어떤 감정이 가득

차오르는 이상한 경험을 하기도 했다. 이는 내 시를 다시 쓸 때만 찾아오는 것이 아니었다. 내가 좋아하는 다른 사람의 시를 옮겨 쓸 때, 나는 나도 모르게 그 사람이 되어 있었다. 아니다. 시를 읽을 때 나는 그 시를 쓴 사람의 시점에 머물러 있었다면, 그 시를 손글씨로 쓰면서 나는 나 자신의 시점에서 그 시를 쓰고 느끼고 이해하고 있었다. 따라 쓰는 손은 나도 모르게 다시 쓰는 손이 되어 있었다.

시구를 적는 일, 나아가 시 한 편을 백지 위에 옮겨 적는 일은 시간을 잠시 멈추는 일, 글자를 한 자 한 자 적으면서 자신을 되돌아보는 일, 그리고 시의 화자와 스스로가 어떤 점에서 같고 다른지 가늠해보는 일이었다. 그 시간은 단순히 시를 공감하고 이해하는 시간을 뛰어넘어, 자신도 미처 몰랐던 또 다른 자신을 발견하는 시간이었다. 누군가는 무용하다고 말할 수 있을지 모르지만, 그것을 쓰는 사람에게는 하루 중 자신을 향한 유일한 시간일지도 모른다. 성과를 내야 한다는 강박에서 벗어나, 시를 받아쓰면서 조용한 상태, 천천한 상태로 자발적으로 걸어 들어가는 시간인 것이다. 나는 이를 가리켜 일상에 균열을 내는 일, 틈을 벌리는 일이라고 말하고 싶다. 그리고 균열을 자주 내면 낼수록, 틈을 자주 벌리면 벌릴수록 삶에서 나 자신은 좀 더 분명해진다. 자기 자신을 들여다보는 일은 스스로를 이해하는 데 있어 꼭 필요한 절차이기 때문이다.

이 책을 만들기 위해 네 명의 시인은 독자들이 읽었으면 하는 자기 자신의 시들을 선별했다. 이미 출간된 시집에 실려 있는 시도 있고 미발표작도 있다. 이 책을 위해 쓰인 시들도 있다. 독자들이 읽는 데서 그치지 않고 그것을 실제로 적어보면서 오늘을 떠올리고 하루를 정리하는 시간을 가졌으면 좋겠다. '오늘'이라는 키워드를 고른 이유도 바로 그 때문이다. "당신의 오늘, 어떤 하루였나요?"라는 심상하지만 결코 심상치 않은 질문이 이 책을 구상하게 된 첫발이었다. 따라서 '오늘' 뒤에 따라 나오는 단어에 맞춰 당신의 '오늘'에 걸맞은 시를 골라도 좋을 것이다. 어떤 시는 부분을, 또 어떤 시는 전체를 옮겨 적는 일은 모두 당신의 마음이다. 경우에 따라 시의 부분, 부분을 비워두었다. 그곳에 당신의 사연을 적었으면 하는 바람에서다. 비어 있던 자리에 당신의 이야기가 담기는 순간, 그리고 그 이야기들로 한 권의 책을 완성하는 순간, 당신의 오늘은 당신의 인생이 되고 우리의 시들은 당신의 책이 될 것이다.

이 책을 엮으면서 삶을 지탱하는 것들은 대부분 대단한 게 아니라는 생각이 들었다. 약간의 유머, 약간의 기쁨, 약간의 여유, 약간의 소중한 친구, 약간의 의미 있는 대화…… 이런 것들이 삶을 살아 있게 만드는, 나 자신을 가슴 뛰게 만드는 원동력이다. 이 책이 당신의 오늘에 약간의 생기를 가져다주길 희망한다.

2015년 4월
시인 오은

차례

너의 시

나의 책

이력서

밥을 먹고 쓰는 것.
밥을 먹기 위해 쓰는 것.
한 줄씩 쓸 때마다 한숨 나는 것.

나는 잘났고
나는 둥글둥글하고
나는 예의 바르다는 사실을
최대한 은밀하게 말해야 한다. 오늘 밤에는, 그리고

오늘 밤에도
내 자랑을 겸손하게 해야 한다.
혼자 추는 왈츠처럼, 시끄러운 팬터마임처럼

달콤한 혀로 속삭이듯
포장술을 스스로 익히는 시간.

________ 년 _______ 월 _______ 일 _____ 요일 오늘

나

다음 버전이 언제 업데이트 될지는 나도 잘 모른다.
다 쓰고 나면 어김없이 허기.
아무리 먹어도 허깨비처럼 가벼워지는데

몇 줄의 거짓말처럼
내일 아침 문서가 열린다.

문서상 오늘의 나는 어제의 나다.

오늘
나

키스

아름다운 피조물 갑이
아름다운 피조물 을에게
기다란 모가지를 걸고
굳게 다문 을의 자물통에
말랑말랑한 열쇠를 밀어 넣을 때,
마찰력과 만유인력과 불가항력의
삼자대면이 시작되었다

갑의 아밀라아제가
을의 녹말을 분해하고
찰칵찰칵
눈을 감을 때마다
플래시가 터져
갑과 을은 조금 더 눈부셔지고

_________ 년 ________ 월 ________ 일 ______ 요일 오늘 순간

갑의 열쇠가 을의 열쇠를 휘감고
을의 열쇠는 피할 수 없는
염문에 휘말리고
두근두근
열쇠가 미끄러질 때마다
목울대가 떨려
갑과 을은 조금 더 벅차오르고

스물여덟 개의 건반들이
서로를 치고 켜고 주무르고
음악에 취한 나머지,
아름다운 피조물 갑과 을은
건반이 하나 더 생겼다는 것도 모르고
자신들이 아름답다는 사실마저
까맣게 잊어버리고

오늘
순간

자물통에서 빠져나온 열쇠가
각자의 자물통 속으로 들어가고
갑의 모가지는 짧아지고
을의 자물통은 굳게 닫히고
화학과 물리학과 생리학 수업을 마치는 종이
부끄럽게 울렸다

뒤돌아선 갑과 을이
등을 맞대고 서 있는 동안,
갑의 그림자가 을의 그림자 위에
슬며시 포개져 있는 동안,
관성의 법칙 속에서
정지된 시간 속에서
지구가 자전하는 동안,

저 멀리
아름다운 피조물 병과 정이
난생처음 열쇠를 주고받으며
미학에 입문하고 있었다

오늘
순간

물의 감정

나는 물을 좋아하고 너는 물을 좋아하지 않는다 우리는 갈증으로 대립한다

물은 너의 감정이다 너의 기분에 따라 그날의 컵이 바뀌고 물의 온도가 달라진다
태도는 미온적이다 너는 웅크리고 있거나 드러누워 있다 나갔다 돌아오면 방은 침수되어 있다 너는 금붕어 두어 마리를 기르고 있다 그것들은 서로 먹고, 교배하고, 낳고, 먹기를 반복한다

창은 굳게 닫혀 있다
이대로는 익사할 거라고 말한다 너는 듣지 않는다 벽지는 자주 바뀐다 붉었다가 푸르렀다가, 꽃잎 무늬였다가 방울 무늬가 된다 나갔다 돌아오면 방은 침수되어 있다

_______ 년 _______ 월 _______ 일 _____ 요일 오늘 감정

벽지는 젖어 있다 너처럼 물고기들은 벽의 감정을 배운다 바라보거나 바라보지 않거나 물고기는 식탁 유리를 좋아하고 창의 유리를 좋아하지 않는다 나는 유리를 좋아하지 않는다 나는 살아 있는 아무것도 기르지 않는다 그것들은 서로 먹고, 교배하고, 낳고, 먹는다 우리는 생활로 대립한다

나는 출근하고 너는 출근하지 않는다 나는 말하고 너는 말하지 않는다 나는 사랑하고 너는 사랑하지 않는다 너는 젖고 나는 젖지 않는다
이대로는 익사할 거라고 말한다
너는 듣지 않는다 창은 굳게 닫혀 있다 빛은 닫힌 창으로 들어온다 너는 물을 마시고 물을 준다 나는 물을 마시지 않고 물과 빛이 섞이는 양상을 바라본다

붉은 컵에 담은 물은 붉은 물이 되고 푸른 컵에 담은 물은 푸른 물이 된다 물고기들은 빛나는 물의 양상을 배운다

오늘
감정

珉

옆에 선 여자아이에게 몰래, 아는 이름을 붙인다 깐깐해 보이는 스타킹을 신은 아이의 얼굴을 나는 보지 못하였다 긴 소매 아래로 드러난 손끝이 하얗고 가지런하다 버스가 기울 때마다 비스듬히 어깨에 닿곤 하는 기척을 이처럼 사랑해도 될는지 창밖은 때 이른 추위로 도무지 깜깜하고 이 늦은 시간에 어디를 다녀오는 것일까 그 애에게 붙여준 이름은 珉이다 아무리 애를 써봐도 아득한 오후만 떠오르고 이름의 주인은 생각나지 않는다

____ 년 ____ 월 ____ 일 ____ 요일 오늘

첫사랑

지금은 우리가

그때 우리는
자정이 지나서야

좁은 마당을
별들에게 비켜주었다

새벽의 하늘에는
다음 계절의
별들이 지나간다

별 밝은 날

너에게 건네던

“ ”라는

말보다

별이 지는 날

나에게 빌어야 하는

“ ”라는

말들이

더 오래 빛난다

사양

내게는 언덕인 너를 찾아가는 길
차가 없는 곳까지 차를 몰면
목책이 있고
목양견이 있는
양은 없는

목책을 넘어가면 올라가는 길
끝의 절벽을 내가 환히 비추고 있다
여지없이 부서지거나
깨어지면서

떨어지면서
가장 낮은 곳을 찾아가는 개천이 있고
개천을 바라보는 목양견의 눈빛이 있는
목 축이는 짐승들은 없는

_________ 년 _______ 월 _______ 일 _____ 요일 오늘 여행

따라서 네게는 목자도 없고
검은 방도 늑대도 없고
별자리는 있으나 별이 없고
묘지는 있으나 묘가 없고
불과 재와 어둠이 없고
집 한 채와 창문이 없고
지킬 것 없는
개만 있는

나는 그런 네게로 쏟아지기만 하고……

구름은,
저녁마다 몸을 감춘다

당신은 어디에 감추어져 있을까 서랍 속 물건이라기보다는 서랍에 가까운 당신에게 묻고 싶었다 누가 창문을 두드리기라도 한 듯 바라보면 아주 작은 구름이 떠 있다

공식처럼 감추어진 당신을 찾으며 서랍을 열고 닫는 기분이 들 때마다 창문은 활짝 열리고, 작고 가벼운 뭉게구름이 저녁 속으로 사그라든다

당신은 어디에 감추어져 있을까, 라는 질문은 누군가를 숨겨놓고 있지, 나는 그것을 알아차리지만, 너무 늦은 것이다 그때마다 저녁이 찾아오고 구름은 멸종한다 소리나게 서랍을 닫는 소리와 함께 사라져버리는 당신 속으로 서랍 속 물건처럼 데구르르 구르는 어떤 것들 나는 그것이 나라고 생각했고 그러자 어둑해지더니 밤이 찾아왔다 마침내,

_______ 년 _______ 월 _______ 일 _______ 요일

오늘 구름

연풍 軟風

산문山門을 나오며 미인은 두 팔을 벌려 새의 날갯짓을 따라했다 연한 바람은 우리의 사이로 불어들고, 미인이 입은 외투가 바람에 날리고, 외투에서 빠져나온 실올이 돌계단을 따라 내려가던 내 입술에 달라붙었다 나는 저만치나 가는 미인을 쫓는 대신 숨바람을 후후 입술로 불어내며 내연이라는 어려움과 외연이라는 다름을 오래 생각했다

_________ 년 _______ 월 _______ 일 _____ 요일

오늘 바람

닿지 않은 이야기

달이 있더라니 구부러진 뒤에야 밝은 줄 알았다 귀를 대고 한참 서 있었다 그저 아득하기만 한 그런 밤이었다 누가 손등을 대고 까맣도록 칠해놓은 그런

앉았다가 떠난 자리를 꽃이라 부르고 많은 것을 보여주고 싶었던 그래, 누가 흔들고 지나간 것들을 모아 그늘이라고 부르기로 했다 그러니 꽃이 다 그늘일 수밖에

있었던 말들을 놓아주었더니 스르륵 눈이 감겼다 감고 싶었다 그랬다고 손목을 놓아주는 건 아니었을 텐데 스르륵 소리가 나고 눈을 감았다

그것도 소원이라고 휘청거리는 바람이 피었다 아무리 잡아도 허공이었다 허공에 대고, 울어놓은 자리마다 흔적이 생겼다 그 자리는 건들지 않았다 꺾을 힘마저 놓아버렸다

_________ 년 _______ 월 _______ 일 _____ 요일

오늘 그리움

당신의 자리

나는 당신의 왼쪽과 오른쪽에 있는 사람이다 왼쪽에서 오른쪽으로 도는 사람이다 당신 발밑으로 가라앉는 사람이 있다면, 나는 그런 사람이다 당신이 눈 감으면 사라지는 그런 이름이다 내리던 비가 사라지고 나는 점점 커다란 소실점 복도가 조금씩 차가워진다 거기 당신이 서 있다 당신이 소중하게 생각하던 그것은 모르는 얼굴이다 가시만 남은 숨소리가 있다 오직 한 색만 있다 나는 그 색을 사랑했다 당신은 내 오른쪽의 사람이다 오른쪽에서 왼쪽으로 도는 사람이다 내 머리 위에 흔들리는 이가 있다면 바로 당신이다 당신은 그토록 나를 지우는 사람이다

_______ 년 _______ 월 _______ 일 _______ 요일

오늘
당신

우리가 극장에서 만난다면

언젠가 우리는 극장에서 만날 수도 있겠지. 너는 나를 모르고 나는 너를 모르는 채. 각자의 손에 각자의 팝콘과 콜라를 들고. 이제 어두운 실내로 들어갈 것이다. 여기가 어디인지 모르는 채. 의자를 찾아서 두리번거리지. 각자의 연인에게 보호받으며. 동공을 크게 열고, 숨을 잠깐 멈추고.

우리는 함께 영화를 볼 것이다. 우리가 함께 본 적이 있는. 어둠 속에서 사건들은 빛나고. 얼굴의 그늘을 밝히고. 우리가 잊힌 시간들을 생각하면서.

년 월 일 요일 오늘 영화

팝콘 한 움큼 쥐려다 서로의 팝콘 통을 잘못 뒤적거리고. 손이 엇갈릴 수도 있겠지. 영화가 뭘 말하고자 했는지 모르는 채. 깊이 없는 어둠으로부터. 너와 나는 혼자 나올 것이다. 두리번거리며, 눈 깜빡이며. 그때 너와 나는 텅 빈 극장의 내부를 보게 된다. 한 손에 빈 콜라병을 들고서

내일, 내일

둘이서 마주 앉아, 잘못 배달된 도시락처럼 말없이, 서로의 눈썹을 향하여 손가락을, 이마를, 흐트러져 뚜렷해지지 않는 그림자를, 나란히 놓아둔 채 흐르는

우리는 빗방울만큼 떨어져 있다 오른뺨에 왼손을 대고 싶어져 마음은 무럭무럭 자라난다 둘이 앉아 있는 사정이 창문에 어려 있다 떠올라 가라앉지 않는, 生前의 감정 이런 일은 헐거운 장갑 같아서 나는 사랑하고 당신은 말이 없다

더 갈 수 없는 오늘을 편하게 생각해본 적 없다 손끝으로 당신을 둘러싼 것들만 더듬는다 말을 하기 직전의 입술은 다룰 줄 모르는 악기 같은 것 마주 앉은 당신에게 풀려나간, 돌아오지 않는 고요를 쥐여 주고 싶어서

불가능한 거리는 아무 말도 하지 않는다 당신이 뒤를 돌아볼 때까지 그 뒤를 뒤에서 볼 때까지

_______ 년 _______ 월 _______ 일 _______ 요일 오늘

내일

좋은 세상

눈은 다시 내리고
나는 쌀을 씻으려
며칠 만에 집의 불을 켭니다

섣달이면 기흥에서
영아가 올라온다고 했습니다
오랜만에 얻는 휴가를 서울에서 보내고 싶다는 것입니다

지난 달에는 잔업이 많았고
지지난 달에는 함께 일하다 죽은 이의 장례를 치르느라
서울 구경도 오랜만이었을 것입니다

쌀은 평소보다 조금만 씻습니다

묵은해의 끝, 지금 내리는 이 눈도
머지않아 낡음을 내보이겠지만

______ 년 ______ 월 ______ 일 ______ 요일

오늘

지음

영아가 오면 뜨거운 밥을
새로 지어 먹일 것입니다

언 손이 녹기도 전에
문득 서럽거나 무서운 마음이 들기도 전에

우리는 밥에 숨을 불어가며
세상모르고 먹을 것입니다

오늘
지음

마음 한철

미인은 통영에 가자마자
새로 머리를 했다

귀 밑을 타고 내려온 머리가
미인의 입술에 붙었다가 떨어졌다

내색은 안 했지만
나는 오랜만에 동백을 보았고
미인은 처음 동백을 보는 것 같았다

"우리 여기서 한 일 년 살다 갈까?"
절벽에서 바다를 보던 미인의 말을

나는 "여기가 동양의 나폴리래" 하는
싱거운 말로 받아냈다

_____ 년 _____ 월 _____ 일 _____ 요일 오늘 마음

불어오는 바람이
미인의 맑은 눈을 시리게 했다

통영의 절벽은
산의 영정影幀과
많이 닮아 있었다

미인이 절벽 쪽으로
한 발 더 나아가며
내 손을 꼭 잡았고

나는 한 발 뒤로 물러서며
미인의 손을 꼭 잡았다

한철 머무는 마음에게
서로의 전부를 쥐여주던 때가
우리에게도 있었다

오늘
마음

조용함

너는 자다가
네 곁에서 자고 있던 개의 잠꼬대를
듣는다, 개 짖는 소리
조용함
겨울밤이어서
너는 미안해
내가 다 미안해, 하며
잠든 개의 머리를 쓰다듬어주었다
그 개는 작년
겨울에 죽은 개였지만 지금
네 곁에서 잠들어 있고
너는 그걸 탓하지 않는다
그건 개의 잘못이 아니니까

년 월 일 요일 오늘
결

눈발이 굵은
창밖으로
푸른 대파를 씹어 먹으며 뛰노는
개
꿈이 보였고

눈이 잠깐 멈추면
다시 내리고
개 짖는 소리
조용함

드리움

드리워지자, 울었다 나는 아니었으면 하고 훌쩍였다
드리워지자, 울었다 그게 나는 아니었으면 하며 훌쩍
드리워지고, 훌쩍이며 울었을 때 나는 아니었으면 하고
드리워지자, 울었던 건 내가 아니었고 훌쩍였던 건
드리워진 내가 아니었고 울었던 것이 훌쩍였다
나는 드리워졌으나 울지 않았다 훌쩍이는 게 있었다
드리워지자, 훌쩍이던 나는 우는 게 아니었다
훌쩍이며, 드리워진 건 내가 울었기 때문이었다
드리워지자, 나는 내가 아니었고 훌쩍이며 누가 울었다
울었던 것이 드리워지자 훌쩍이며 아니었으면 하고 나는,
드리워지고, 울었으므로 나는 훌쩍이며 아니라고

드리워지자마자 나는 울었고 훌쩍이며 아니라고 그게
드리워진 나에게 울음이 훌쩍이며 그것도 아니라고
드리워지자, 울었다 나는 아니었으면 하고 훌쩍였으나
드리워진 건 대체 누굴까 나는 왜 울지 않는 걸까
드리워지자 나는 없었으므로 혹시 훌쩍였나 울지 않고
울어도 운 건 모르고 드리워진 게 나는 아니었을까
드리워지지 않았다가 결국 드리워지게 된 나는
훌쩍이는 수밖에 없었나 울지 않고서 그래서
드리워지자, 울었나 나는 아니었으면 하고 훌쩍이면서
드리워지자, 울었다 나는 아니었으면 하고 훌쩍였다
그랬나, 드리워진 건 나였나 운 것도 훌쩍인 것도

지자, 울었다 나는 아니었으면 하고 훌쩍였다

지자, 울었다 그게 나는 아니었으면 하며 훌쩍

지고, 훌쩍이며 울었을 때 나는 아니었으면 하고

지자, 울었던 건 내가 아니었고 훌쩍였던 건

진 내가 아니었고 울었던 것이 훌쩍였다

나는 졌으나 울지 않았다 훌쩍이는 게 있었다

지자, 훌쩍이던 나는 우는 게 아니었다

훌쩍이며, 진 건 내가 울었기 때문이었다

지자, 나는 내가 아니었고 훌쩍이며 누가 울었다

울었던 것이 지자 훌쩍이며 아니었으면 하고 나는,

지고, 울었으므로 나는 훌쩍이며 아니라고

지자마자 나는 울었고 훌쩍이며 아니라고 그게
진 나에게 울음이 훌쩍이며 그것도 아니라고
지자, 울었다 나는 아니었으면 하고 훌쩍였으나
진 건 대체 누굴까 나는 왜 울지 않는 걸까
지자 나는 없었으므로 혹시 훌쩍였나 울지 않고
울어도 운 건 모르고 진 게 나는 아니었을까
지지 않았다가 결국 지게 된 나는
훌쩍이는 수밖에 없었나 울지 않고서 그래서
지자, 울었나 나는 아니었으면 하고 훌쩍이면서
지자, 울었다 나는 아니었으면 하고 훌쩍였다
그랬나, 진 건 나였나 운 것도 훌쩍인 것도

말실수

한 사람은 말만 기억하고
다른 한 사람은 실수만 기억한다

한 사람은 말을 했다는 사실만 기억하고
다른 한 사람은 말의 뉘앙스만 기억한다

표정은 알고 있었다
말이 어디로 자취를 감추어버렸는지
실수가 언제 싹텄고 어떻게 부풀어 오를지
왜 다른 한 사람이 한 사람에게 차가워졌는지
표정만 알고 있었다

한 사람과 다른 한 사람은
같은 곳을 향해 갔다가
다른 곳을 향해 사라졌다

_____ 년 _____ 월 _____ 일 _____ 요일

오늘 실수

한 사람과 다른 한 사람이
마침내 한사람이 되었다
똑같은 표정으로 지독하게 걷고 있었다

마음은
말의 어느 구절에도 없었다

도정道程 그 어떤 돌부리에도 없었다

오늘
실수

조용한 凶 – 나무 셋

답장을 쓰다 베인 손가락에서 피가 방울진다 이리 작은 게 숨어 있다니 툭툭 털고 털었던 눈이, 많이 내렸던 지난겨울 당신이, 내게 주었던 한 송이 꽃이 그랬다 모두 버렸지만 버린 것이 그토록 환한 빛으로 기억될 수 있는 것인지 가시질 않아 눈을 감으면 눈 속 가득 만발하는 꽃과 쏟아지는 눈 그리고 당신 단단한 다짐이란 어떻게 무너지는지 보고 싶어 잠 못 든 며칠도 있었다 그들에 대해, 나는 아무것도 쓰지 못했다 그러니, 핑계를 찾지 못한 통증은 凶이 될 것이다 굳어 있어도, 흘려보내는 것이 있다 무엇이든

_______ 년 _______ 월 _______ 일 _____ 요일 오늘 상처

나머지

골목이 좋아요
새벽이 좋아요

아무도 없어서

여기로 오게 돼요
눈길이 가요
발길이 닿아요

등 떠밀지 않아도

정신 차리면 여기예요
나도 모르게 말하고 있어요
속삭이듯 웅얼거리듯
부르고 있어요

나머지가 보여요
작은 것이 작은 것을 끌어당겨요

_______ 년 _______ 월 _______ 일 _____ 요일

오늘
혼자

나머지들이 모여요
더 큰 나머지가 돼요
외딴 덩어리가 돼요

골목이 분주해졌어요
새벽이 꽉 차게 됐어요

혼자인데 여럿인 몸으로
여럿이 있어도 혼자인 마음으로

기꺼이 나머지가 되는 일
아쉬운 부분으로 남는 일
다음번에 할 말을 생각하는 일

어떤 말을 하려다가 망설여요
광장을 잊어버렸어요
아침을 놓쳐버렸어요
골목에 있어요
새벽에 있어요

아무도 없어요
내가 있어요

오늘
혼자

빛의 파일

너는 흘러가고 있었다. 너는 잠겨 있었다. 빛의 피륙을 둘러친 관 속으로. 너는 이관되고 있었다. 너의 고향을 타향을 지나. 투명한 싸늘한 관 속으로. 부패된 손이 들어왔다. 그 손이 네 손을 꼭 쥔다. 너는 흐르고 있었다. 마주잡은 손의 틈새로. 빛이 무자맥질 중이다.

년 월 일 요일 오늘 흐름

론도

요즘엔 붉은 스웨터를 짠다 너에게 줄 붉은 스웨터
요즘엔 꿈을 꾼다 아주 길고, 아주 짧은 꿈 마천루 옥
상으로 밀려오는 파도에 발 담그는 꿈 요즘엔 그런 사
소한 생활이 있다

머리가 노란 여자는 네게 나를 친구라고 소개했다 여
자는 나와 사무실에서 자주 지나친 적이 있다 나는 너
를 보며 아무런 말도 안 한다 너는 목까지 흰 셔츠를
자주 입는다

요즘 너와 나는 산책을 통해 만난다 한때는 창문을 통
해 만난 적이 있다 벽을 통해 만난 적이 있다 너와 내
가 만나는 곳은 스웨터 길이에 따라 달라진다
우리 언제 바다에 갈래요? 나는 아무런 말도 안 한다

_________ 년 ________ 월 ________ 일 ______ 요일

오늘 기다림

너의 여자는 개를 끌고 보도를 지나간다 내 친구 알지 전에 만났던 나는 친구를 만난 적이 없다 목까지 검은 머리 너의 개를 끌고 다니는 노란 머리

우리, 네가 나를 이르던 차가운 말을 발음해 본다 요즘엔 스웨터를 짜고 꿈을 꾼다
목까지 붉은 스웨터를 입은 너와 내가 만나는 꿈 마천루에 부딪히는 바다와 우리 출렁이는 꿈

오늘
기다림

비밀

속삭였다. 이건 비밀이야. 그러니 세상 모든 것이 비밀이 되었다. 발이 닿는 곳마다 버섯처럼, 비밀이 자라났다. 만지는 것들 모두 비밀이 되었다. 맛보는 것들 모두 비밀이 되었다. 보이는 것들 모두 비밀이 되었다. 이 어두운, 비밀의 공장에서 숙련된, 노동자처럼 우리는, 하나씩, 하나씩, 끌려져, 그래, 그러자. 낮은 목소리로, 그저 낮은 목소리로. 드디어 마지막 비밀까지 열어봤을 때, 우리는, 깔깔 웃어댔다. 창밖은 언제나 환하고 명료해, 앞뒤로 문을 잡아당기는 것들을 관찰하는 연구자처럼. 그래 침묵, 언제나 침묵. 오후의 빛이 순서도 없이 번져가고 사소한 개인들을 비추고 있다. 우리는 비밀이야. 비밀이지. 그게 우리가 원하는 거야. 그래, 그러자. 우리는 이 어둑한 비밀의 공장에서. 하나씩, 하나씩,

귀하다

눈송이가 처음 코허리에 내려앉을 때
입자라는 단어가 떠올랐다
숲은 푸른 입자로 가득 차 있었다
푸른 숲을 건너는 동안
눈송이가 눈발이 되었다
희미한 낌새가
받아들이고, 이고 지고 가야 하는 것들이 되었다
목마른 자에게는 물이,
메마른 자에게는 눈물이,

입자
위로
입자가 쌓이고 있었다

_______ 년 _______ 월 _______ 일 _____ 요일 오늘 존재

귀하다

바싹 마른 땅에는 눈이,

존귀하다

코허리에 내려앉은 눈송이가

물방울이 되어 콧방울 양쪽으로 흘러내릴 때

나는 누군가가 지금 삭이고 있을 분에 대해 생각했다

앞이 뿌예지고 있었다

푸른 숲을 건너는 동안

푸른 숲은 잠시 제 입장을 감추었다

다른 입자를 이해하고 있었다

다시없을 순간이, 순간들이

숲 속에 점점이 박히고 있었다

귀해지고 있었다

더없이 존귀해지고 있었다

魅惑에 이르는 시간

담요, 라고 말할 때마다 주저, 주저하며 내려오는 밤하늘 곳곳 남아 있는 온기가 내놓지도 들이지도 못하는 손길로 얼굴을 만지고 따뜻하고 뜨거워 말도 숨도 감추지 못하는 나는 아직도 여태도 없는 우리를 덮어 음악은 잔에 담아 건네는 물처럼 흔들려, 가고 흔들리듯, 오고 그러다 가라앉으며 눈을 떠 지금을 기억하고 살짝 그리고 슬쩍 곁을 내주고 곁을 가져오고 따뜻하고 뜨거워 의미도 감정도 감추지 못하는 나는 담요의 고요를 매만지고 생애가 바닥에 끌리는 소리 빛이 내려와 떨리는 기척 심장에 맺히는 그림자를 그려 봐 네가, 네가 하면서 지키면서 일어나면서 마주 보고 앉아 더없이 사랑하는 불안을 끌어당기면서 매혹에 이르는 시간을 그렇게 그렇듯 반복하고 있어 여기서 여기만으로, 고개를 끄덕, 끄덕이는 사람처럼

_________ 년 _________ 월 _________ 일 _______ 요일

오늘 떨림

건설

다방 옆 카페. 두 잔의 커피
흑인들은 닮고, 말이 없었다

파출소 옆 사창가를 따라 걸었다
어디로 도착하는지 모르고서

편지를 쓴다 접속사를 지워가며

교외에서 밤이 온다
몸이 멍든다

빛이 골목을 벌릴 때면
검은 봉투 들고 마주쳤다

몇 개의 물웅덩이 몇 개의 세계

_______ 년 _______ 월 _______ 일 _____ 요일

오늘 마주침

심었다던 작약

네가 심었다던 작약이 밤을 타고 굼실거리며 피어나, 그게 언제 피는 꽃인지도 모르면서 이제 여름이라 생각하고, 네게 마당이 있는지 없는지도 모르면서 그게 아니면, 화분에다 심었는지 그 화분이 어떻게 허연빛을 떨어뜨리는지 아는 것도 없으면서 네가 심은 작약이 어둠을 끌고 와 발아래서 머리 쪽으로 다시 코로 숨으로 번지며 입에서 피어나고, 둥근 것들은 왜 그리 환한지 그게 아니면 지금을 어떻게 설명해야 하는지 가르쳐주지도 않으면서, 봄은 이렇게 지나고 다시 여름이구나 몸을 벽에 붙여보는 것이다 그러니 작약이라니 나는 그게 어떻게 생긴 꽃인지도 모르고 나도 아니고 너는 더구나 아닌 그 식물의 이름이 둥그렇게 떠올라 나는 네가 심었다는 그것이 몹시 궁금하고 또 그런 작약이 마냥 지겨운 건 무슨 까닭인지 심고 두 손을 소리 내어 털었을 네가, 그 꽃이, 심었다던 작약이 징그럽게 피어

________ 년 ________ 월 ________ 일 ______ 요일 오늘 꽃

뱀사골

세상에서 가장 오래 기억되는 꿈은
누구인가가 대신 꾸었던
태몽일 거라며 당신이 웃었습니다

늙은 나무에 열린
복숭아 하나를 따낸 것이
나의 태몽이었다고 하자

산정에서부터 불어든
솔향기 짙은 바람이
당신의 태몽이었다며

한 번 더 웃어 보였습니다

_________ 년 _______ 월 _______ 일 _____ 요일 오늘 기억

식충이들

밥을 먹는다 습기 먹은 김을   , 인분을   자
란 돼지고기 2인분을   , 고기를 구울 때 나는 탄
내도 덤으로   풀 먹은 옷을 입고 담배를 뻑
뻑   출근을 한다 동료들에게 빌어먹을 골탕도
        겁을   찾아간 부장에게 욕도 한 두어 바
가지   독서 좀 하려 했더니 책 모서리는
개먹어 있고, 코 먹은 소리로 친구에게 전화하지만 전
화는 먹통이고 가슴은 먹먹해진다 지금 이 순간, 공주
님들은 이슬을   부잣집 어린이들은 꿈을
화투판에서는 똥을   아주머니들도 있겠지 연
탄가스를   이들, 본드를   이들, 미역국을
        이들, 아무렇지도 않게 꿀꺼덕 검은돈을
이들도 있을 테지

퇴근 후, 술을 처 아편 대신 육포도 씹어
좀먹는 속이 걱정되어 보약도 챙겨 왕년에는
식은 죽 로 1등을 는데, 어떤 일이든 척
척 거저 는데, 식욕은 왕성해지는데 먹어도 먹
어도 떨어지는 게 없다니! 독하게 마음 회사의
공금을 좀 볼까? 콩밥도 나이도
그러다 운 좋게 한자리 해 뇌물도 쓴
소리에는 적당히 가는귀도 수 있을 것이다 그
쯤 되면 직원들을 노예처럼 부려 배우자의 영
혼도 야금야금 갉아 테지
나는야 벌레 사과처럼 흉해져서 물 솜
처럼 가라앉다가 자살골을 스스로 입을 열어
레드카드를 , 자면서도 어김없이 끊임없이 틀림
없이 산소를 , 그러면서도 항상 배고프다고 소
크라테스처럼 투덜거리는

당신은 예외라고 생각하는가?
앉은자리에서 손 하나 꿈쩍 않고
1,397바이트를 소화시킨 무시무시한 당신은

화원

너는 밤마다 이곳으로 돌아왔다 화분을 들고
잘 모르는 꽃이 심긴 화분이었다

모르는 꽃에서 모르는 향기가 난다

그러나 그건 조화였지, 잎을 만져 보니 건조했고
그런 것에도 향기가 난다는 게 놀라웠다

너는 밤마다 물을 준다 나는 네가 하는 대로 내버려 둔다
깜깜한 방에 향기가 가득하다

네가 없는 아침에는 조화를 관찰한다
빈방에 빛이 쏟아진다

생명을 얻은 듯, 꽃은 시들어 있다

_________ 년 _______ 월 _______ 일 _____ 요일 오늘 향기

변신

오후 다섯 시 사십구 분, 안과 의사는 막 마스크를 벗고 있었다 선생님, 비상이에요 면사포를 쓴 간호사가 환자를 급히 수술대에 눕혔다 선생님은 안과 의사를 먼저 퇴근시키고 마스크를 다시 귀에 걸었다 환자는 눈을 꾹 감고 있었다 눈을 떠야 진료를 하죠, 손님 간호사가 살짝 신경질을 냈다 놀란 손님이 눈을 번쩍 떴다 환자가 카운터에서 계산을 마치고 병원 문을 유유히 빠져나갔다 환자분, 눈동자를 안쪽으로 모아 보세요 선생님의 주문이 끝나기가 무섭게 손님이 자리를 박차고 일어나 어디론가 전화를 걸었다 잠시 후, 병원 문을 열고 환자가 다시 들어와 손님을 밀어내고 수술대에 누웠다 얼굴에 분을 잔뜩 바른 채였다 경희 씨, 주사 좀 갖다 줘요 환자분 눈에 낀 고름을 빼야겠어요 선생님이 간호사를 향해 소리쳤다 네, 선생님 대답을 한 건 간호사가 아니라 경희 씨였다 간호사는 결혼식을 치르러 부랴부랴 예식장에 갔을 것이다 아가씨, 살살 좀 놔줘요 내가 좀 민감해서 말이야 경희 씨가 가져

_________ 년 _______ 월 _______ 일 _____ 요일 오늘

호칭

온 주사를 보고 경악한 환자가 엄살을 피웠다 그러죠, 뭐 아가씨가 묘하게 웃으며 대답했다 경희 씨는 아마 부케를 받으러 갔을 것이다 대신 눈을 크게 뜨고 계세요, 선생님 아가씨가 주사 바늘을 확인하며 당부하듯 말했다 순식간에 선생님이 된 환자가 선생님의 마스크를 냅다 빼앗아 쓰고 시계를 올려다보았다 다섯 시 오십구 분이었다 이 양반이 미쳤나, 왜 남의 마스크를 훔치고 그래? 마스크를 뺏긴 선생님이 마스크를 뺏은 선생님을 향해 성을 냈다 죄송해요, 선생님 양반이 된 선생님이 머리를 조아리며 사과를 했다 간호사, 이 손님 당장 내보내요 신랑을 대동한 간호사가 수술대 옆에 구겨져 있던 손님의 멱살을 거머쥐었다 이러지 마요, 아가씨 주사 바늘 점검을 마친 아가씨가 손님 눈에 대고 주사기를 꾹 눌렀다 시계가 여섯 시를 알리며 고름을 찍 토했다 선생님은 맘을 단단히 먹고 여보와 아빠가 되기 위해 집으로 향했다

그 무렵, 소리들

정수리가 토마토 꼭지처럼 힘없이 떨어져나갈 무렵,

팬파이프 소리, 피아노의 스물네번째 건반 소리, 병든 아이의 숨소리, 마지막이 가까스로 유예되는 소리, 돌들이 튀어오르는 소리, 해바라기씨가 옹기종기 모여 한꺼번에 마르는 소리, 당신의 입술이 벌어질 때 나는 최초의 소리, 모래알들이 법석이는 소리, 조개들이 통째로 기어가는 소리, 눈물이 볼을 타고 견디듯 흘러내리는 소리, 티슈 한 장이 먼지 부연 선반 위로 떨어지는 소리, 수억 광년 묵은 별똥별이 전쟁터에 불시착하는 소리, 틀어막은 여자의 입에서, 어떻게든 살아보겠다고 겨우 새나오는 비명 소리,

말들이 징검다리고 밥이고 우주고 엄마고 바로 당신이었던 그 무렵, 낙오된 귀를 열어젖히는 한없이 낯선 소리, 에르호 에르호……

_______ 년 _______ 월 _______ 일 _____ 요일 오늘

소리

소리들

소리로 시작해야만 하는 것, 소리로 끝나는 것, 몸짓, 잔기침이 나오려 할 때마다, 마음이 가난한 나라, 나의 무렵, 오래전 큰 병이 돌았고, 깊은 잠, 살, 꿈을 이어 꾸다, 외투를 한 겹 더 입다, 나의 버릇, 몸가짐, 불안, 여름의 끝, 개천, 아버지, 국수, 서로의 곁, 언 땅, 맨드라미, 색, 장마, 벽, 밤, 비자나무, 고창, 해남, 구미, 역, 벽돌, 잔상, 그날 흘리고 오다, 다짐, 졸음, 선부름, 냄비, 노자路資, 병, 라디오, 등, 어루만지다, 여관, 가만히 어두워졌다, 문양, 세상의 저녁, 양지, 오밤중, 가수, 여자를 피해, 뒤집어 쓴 사람, 흘러내리다, 달력, 종이, 떠나는 일이 궁금해졌다, 궂다, 낯선 소리, 회색, 말복, 아버지들은 쉽게 돌아오지 않는다, 발판, 절벽, 안전화, 비슷하다, 안개, 합판, 찹쌀, 매지구름, 진종일, 언제라고 했던가, 슬그머니 고개를, 야산, 슬픔도 아닌 슬픔, 눈 속의 눈, 줄, 기울다, 넓어지려 넓어지는 것이 아니듯, 무당, 광장, 계단, 눈이 아픈 꿈, 당신이 모르는 이름, 소리 되지 못하는 소리, 침묵, 처음 바라본 당신의, 목.

_________ 년 _______ 월 _______ 일 _____ 요일

오늘
침묵

피동사

잎과 가지 너머 많은 잎과
많은 가지 그 너머 보이지
않지만 길이 있지 그 길가에
많은 잎과 많은 가지가 있다
보이지 않는 길로 보이지 않
는 차가 지나가고 보이지 않
는 사람이 지나간다 보이지
않는 벤치에 들리지 않는 말
이 있고 열리지 않는 창고에

서 말이 되지 않는 사건이 일어난다 내용이 없는 수업이 있고 아무도 없는 교실이 있다 반쯤 걷힌 블라인드에 가려진 잎과 가지가 있다 많은 잎과 많은 가지 그 너머의 잎과 가지는 간격을 잃고 울고 있다 그 소리는 아직 들리지 않는 것

0.5

처음에 당신은 나를 시력이라고 불렀어요 시월이 되자
나는 아침 기온이 되었고 당신의 샤프심 굵기가 되어
매일 같이 학교에 갔죠 첫눈이 오던 날, 나는 강설량이
되었고 생물 시간에는 페하나 소금물 농도로 둔갑했어
요 다이어트를 시작한 당신, 나를 저칼로리라고 부르
다가 하루치 감량 체중으로 설정했지요 어느 날부턴가
당신은 나를 당신의 남자 친구로 임명했고 커플링 무
게가 된 나는 당신의 약지에 의지하며 겨울을 났죠 당
신의 고삼 시절은 내가 가장 바쁜 시기이기도 했어요
표준편차가 되었다 sinA의 값이 되었다 정신없었거든
요 졸업 시즌엔 전광판의 대학 경쟁률이 되어 밤새 껌
뻑거렸어요 대학에 들어가 플라톤을 배운 당신, 나를
덜 존재한다고 업신여겼죠 나는 당신의 구 버전 소프
트웨어가 되어 책상서랍에 처박혔어요 그러다 시를 쓰
기 시작하면서 당신은 나를 본격적으로 잊어버렸죠 내
가 없이도 세상을 부를 수 있게 된 거예요 현재완료였
던 나는 일순 대과거로 까마득해졌죠 이제 렌즈를 낀
당신은 시월의 찬바람을 맞고도 나를 떠올리지 못해

_______ 년 _______ 월 _______ 일 _____ 요일

오늘
이별

요 만년필을 쓰는 당신, 샤프심이 끊어질까 위태로웠던 순간들을 기억이나 할까요 눈이 내리면 당신은 눈만 봐요 눈이 얼마나 내렸는지는 안중에도 없고요 남자 친구와 이별한 날, 당신은 약지에서 나를 빼내 쓰레기통에 휙 던져 버렸죠 그리고 반쪽을 잃은 마음고생으로 살이 빠지기 시작했어요 어느 날 새벽, 비로소 나는 당신의 몸뚱이에서 완전히 분해되었죠 가뿐해진 거, 당신도 느끼죠? 이제 나는 당신이 없는 곳으로 떠나려고요 홀로 더 존재하기 위해서 말예요

오늘
이별

면목동

아내는 반 홉 소주에 취했다 남편은 내내 토하는 아내를 업고 대문을 나서다 뒤를 돌아보았다 일없이 얌전히 놓인 세간의 고요

아내가 왜 울었는지 남편은 알 수 없었다 어쩌면 영영 알 수 없을지도 모른다 달라지는 것은 없으니까 남편은 미끄러지는 아내를 추스르며 빈 병이 되었다

아내는 몰래 깨어 제 무게를 참고 있었다 이 온도가 남편의 것인지 밤의 것인지 모르겠어 이렇게 깜깜한 밤이 또 있을까 눈을 깜빡이다가 도로 잠들고

별이 떠 있었다 유월 바람이 불었다 지난 시간들, 구름이 되어 흘러갔다 가로등이 깜빡이고 누가 노래를 불렀다 그들을 뺀 나머지 것들이 조금 움직여 개가 짖었다

_____ 년 _____ 월 _____ 일 _____ 요일 오늘 생일

그때 그게 전부 나였다 거기에 내가 있었다는 것을 모르는 건 남편과 아내뿐이었다 마음에 피가 돌기 시작했다 이야기는 이렇게 시작되었다

오늘
생일

환절기

나는 통영에 가서야 뱃사람들은 바닷길을 외울 때 앞이 아니라 배가 지나온 뒤의 광경을 기억한다는 사실, 그리고 당신의 무릎이 아주 차갑다는 사실을 새로 알게 되었다

비린 것을 먹지 못하는 당신 손을 잡고 시장을 세 바퀴나 돌다보면 살 만해지는 삶을 견디지 못하는 내 습관이나 황도를 백도라고 말하는 당신의 착각도 조금 누그러들었다

우리는 매번 끝을 보고서야 서로의 편을 들어주었고 끝물 과일들은 가난을 위로하는 법을 알고 있었다 입술부터 팔꿈치까지 과즙을 뚝뚝 흘리며 물복숭아를 먹는 당신, 나는 그 축농蓄膿 같은 장면을 넘기면서 우리가 같이 보낸 절기들을 줄줄 외워보았다

＿＿＿＿ 년 ＿＿＿＿ 월 ＿＿＿＿ 일 ＿＿＿ 요일

오늘
위로

이장 移葬

지난밤 당신과 나의 꿈이 뒤바뀌어 있었습니다 내가 당신을 베꼈거나, 베개를 바꿔 벤 탓이겠지요
나는 당신의 꿈속에서 어리둥절했습니다 어둡고 낯설었는데

채찍이 등을 후려쳤습니다 "일하라. 멈추지 말고 일하라. 그분이 오신다." 둘러보니 서른 명쯤 되는 당신이 땅을 파고 있었습니다 왕의 묘를 파는 중이라고 당신 중 하나가 일러주었지요

나는 당신과 함께 땅을 파고, 채찍질 당하고, 함께 침묵했습니다
그분이 오신다, 일하라, 멈추지 말고 일하라

______ 년 ______ 월 ______ 일 ______ 요일 오늘
잠

당신은 하나둘씩 지쳐 쓰러지고, 깊게 판 묘혈로 목 잘린 장미처럼 떨어졌습니다 그곳으로 죽은 왕은 천천히 임하십니다 그의 등 뒤로
빛이 어지러웠어요 나는 꽃 덤불 속에서 눈물을 쏟았습니다

지난밤 당신은 죽은 내 꿈속에 갇혀 울고 있었습니다
당신이 그렇게 우는 건 처음 봤어요

오늘
잠

미니시리즈

느닷없이　　접촉사고
느닷없이　　삼각관계
느닷없이　　시기질투
느닷없이　　풍전등화
느닷없이　　수호천사
느닷없이　　재벌2세
느닷없이　　신데렐라
느닷없이　　승승장구
느닷없이　　이복형제
느닷없이　　행방불명
느닷없이　　폐암진단
느닷없이　　양심고백
느닷없이　　눈물바다
느닷없이　　무사귀환
느닷없이　　갈등해소
느닷없이　　해피엔딩

년 월 일 요일

오늘
뜻밖

느닷없이

느닷없이

느닷없이

느닷없이

느닷없이

느닷없이

느닷없이

느닷없이

느닷없이

느닷없이

느닷없이

느닷없이

느닷없이

느닷없이

느닷없이

느닷없이

16부작이 끝났습니다

꿈 깰 시간입니다

구원

이 시가 너를 살렸어
이 문장이 이 시를 살렸어
이 단어가 이 문장을 살렸어

네가 이 단어를 살렸어
네가 물속 깊이 잠겨 있던
이 단어를, 하나의 넋을 건져 올렸어

너와 말은 공생한다
힘들이지 않아서 힘들고
보잘것없어서 대단한

아름다운 공회전

__________ 년 ________ 월 ________ 일 ______ 요일

오늘 문장

너는 이제 지구 어딘가에서

돌 때까지

겉돌다가 헛돌다가 마침내 감돌게 될 때까지

이 단어가

이단의 언어가 될 때까지

너만의 단어가 될 때까지

네가 이 시를 완성할 때까지

내처 아름답다

오늘
문장

종소리

돌 위에 앉아 돌을 던지면 흔들리는 수면 아래로 감감 가라앉는 돌이 있었고, 속모를 깊이로부터 솟아오르는 불가사리도 있었다 그건 시체였고, 한 번 떠오른 시체는 수면을 흔들며 떠오르다 가라앉다 자맥질만 되풀이했다 감감 가라앉는 돌 위로 숙연히 일그러지는 얼굴도 있었고, 얼굴 뒤로 들불처럼 번지는 그늘도 있었다 서늘한 물을 마시고 싶었다

_________ 년 ________ 월 ________ 일 ______ 요일

오늘
바다

세상 끝 등대 2

내가 연안沿岸을 좋아하는 것은 오래 품고 있는 속마음을 나에게조차 내어주지 않는 일과 비슷하다 비켜가면서 흘러들어오고 숨으면서 뜨여오던 그날 아침 손끝으로 먼 바다를 짚어가며 잘 보이지도 않는 작은 섬들의 이름을 말해주던 당신이 결국 너머를 너머로 만들었다

_________ 년 _______ 월 _______ 일 _____ 요일 오늘 후회

세상 끝 등대 3

늘어난 옷섶을 만지는 것으로 생각의 끝을 가두어도 좋았다 눈이 바람 위로 내리고 다시 그 눈 위로 옥양목 같은 빛이 기우는 연안沿岸의 광경을 보다 보면 인연보다는 우연으로 소란했던 당신과의 하늘을 그려 보는 일도 그리 낯설지 않았다

_______ 년 _______ 월 _______ 일 _______ 요일

오늘 회상

경이의 방

나는 근 미래에 늙고 나는 근 미래에 잊히겠지
나는 지금 이 방문을 걸어 잠그고 근 미래에 이 방문을
열고 근 미래에 경이의 빛에 휩싸인 채
어쩌면 조금 울지도 모르겠다

이 방에 쌓아두는 나의 시, 나의 책, 나의 옷, 나의

너의 표정,

나의 꿈, 나의

모두 방에 넣어두고서

어느 날엔가 이 방이 있었다는 사실을 잊고, 또 어느 날엔가 생길 딸이 숨바꼭질을 하다 이 방을 발견할 때 놀라는 얼굴을 보며 놀라는

소년

소년이 울고 있었다
누구도 들어보지 못한 소리로
눈물은 떨어지고 있었다

눈물들 고이고 고여 새가 되었다
한쪽을 오래 바라보다가
눈짓의 방향으로 날아올랐다

공중, 흔들리더니 물결이 일었다
한 번도 흐른 적 없는 물이
그렇게 흐르기 시작했다

마침, 달이 떠오르려는 참이었다
소년은 잠시 우는 법을 잊어버리고
달이 멎는 소리를 들었다

_________ 년 _______ 월 _______ 일 _____ 요일 　　오늘 슬픔

물은 물속으로 걸어 들어가
점점 깊어져갔다 먼눈으로
그저 투명하고 비리게 흘렀다

막 번지던 것들, 울음을 꺼내려고
온 적 없는 한때를 뒤지고 있었다
은빛인 은빛이어야 하는 흔들림

흔들리더니 흔적처럼 바람이 불었다
달과 새와 그곳이 녹아내렸다
후드득 쏟아져 선홍빛 비가 되었다

울음 그친 소년이 비를 건드렸을 때
방울방울 흐린 것들이었다
소년은 물속에 오래오래 있었다

오늘
슬픔

불면 – 나무 서른넷

그곳엔 벚꽃이 하도 핀다고,
삼사월 밤이면 꿈을 꾸느라 앓고 앓아
두 눈이 닳을 지경이라고
당신이 그랬다 경청하는
두 귓속으로
바람이 일고 손이 손을 만났다
남은 기척 모두 곁에 두고
싶었던 까닭에 나는
애를 써도 잠이 들지 못했다

______ 년 ______ 월 ______ 일 ______ 요일

오늘
벚꽃

용산 가는 길 – 청파동 1

청파동에서 그대는 햇빛만 못하다 나는 매일 병病을 얻었지만 이마가 더럽혀질 만큼 깊지는 않았다 신열도 오래되면 적막이 되었다 빛은 적막으로 드나들고 바람도 먼지도 나도 그 길을 따라 걸어나왔다 청파동에서 한 마장 정도 가면 불에 타 죽은 친구가 살던 집이 나오고 선지를 잘하는 식당이 있고 어린 아가씨가 약을 지어준다는 약방도 하나 있다 그러면 나는 친구를 죽인 사람을 찾아가 패悖를 좀 부리다 오고 싶기도 하고 잔술을 마실까 하는 마음도 들고 어린 아가씨의 흰 손에 맥이나 한번 잡혀보고 싶다는 생각을 한다 지는 해를 따라서 돌아가던 중에는 그대가 나를 떠난 것이 아니라 그대도 나를 떠난 것이라는 생각이 들었다 내가 아파서 그대가 아프지 않았다

____ 년 ____ 월 ____ 일 ____ 요일

오늘 분노

성문에서

그해 여름 또는 겨울의 문턱. 우리는 대청마루에 함께
있다.
사원처럼 정돈한 방을 떠나 돌아오는 계절이 우리의
마당을 지우는 것을 보면서

나는 수제비로 병사를 만들고 너는 잠에 빠진다.
꿈으로 잡음이 흘러들지 않도록 너의 귓가에 수제비
병사들을 세워두고.

대문 밖에서는 끊임없는 군화 소리가 들려온다. 오랜
세월에 걸쳐 점점 가까워지고 있다. 너는 쉽게 잠들었
지만
잠에서 깨는 법까지는 잘 몰랐고

대문이 활짝 열렸다.
아무도 없었다.
끓는 물속에서 수제비 병사들이 수백 년 수천 년……
찢어지고 있었다.

_________ 년 _______ 월 _______ 일 _____ 요일 오늘

백일몽

당신에게서 – 태백

그곳의 아이들은 한 번 울기 시작하면 제 몸통보다 더 큰 울음을 낸다고 했습니다 사내들은 아침부터 취해 있고 평상과 학교와 공장과 광장에도 여름빛이 내려, 이어진 길마다 검다고도 했습니다 내가 처음 당신에게 적은 답서에는 갱도에서 죽은 광부들의 이야기가 적혀 있었습니다 그들은 주로 질식이나 아사가 아니라 터져 나온 수맥으로 익사를 합니다 하지만 나는 곧 그 편지를 구겨버리고는 '

' 라는 문장으로 시작하는 편지를 새로 적었습니다

법 앞에서

그가 문을 열고 나오자, 환자들의 긴 행렬이 보였다 죽
을 때까지
돌봐도 다 돌보지 못할 만큼 많았다

때로 아픔은 신비로웠다 머리에 붕대를 감은 사람들이
많았다 환자들은
높은 언덕을 넘어 그의 병원으로 오고 있었다

아침이면 널린 신비를 걷어야겠다는 생각도 했고
붕대를 풀자 벌어진 살점 속으로
빛이 섞여들었다

흔적이 남을 겁니다 누가 파헤친 것처럼
어지러운 화단에 꽃이 없었고

미처 예약을 못한 환자들이 화단에 삼삼오오 모여들며
그늘을 만들고 있었다

_______ 년 _______ 월 _______ 일 _____ 요일

오늘
신비

도망갈 수 없게

나는 신발의 더러움을, 벗어버린 바지를 사랑해. 나는 튀어오르는 알몸을 사랑해. 너의 구겨진 셔츠도. 너의 이름과 그 이름을 부르면 따라오는 너의 눈빛도 사랑해. 너의 손가락의 방향도. 그 방향을 따라 날아가는 무구의 문장들도 나는 사랑해. 그곳이 백지로 변해가는 것을 사랑해. 누구도 들어오거나 나가지 않는 저 단단한 문도, 그 문을 두들기는 누군가의 노크도 나는 사랑해. 사랑해를 사랑해. 사랑할 수 없는 것들을 사랑해. 구토 나는 정치와, 온갖 분쟁과 전쟁, 나를 끌고 가는 것들, 저 작렬하는 태양. 부드러운 달빛. 그 아래 숨어 있는 우리들의 모습들, 피부를 뚫고 들어오는 온갖 예감들을 사랑해. 나무처럼, 구름처럼, 짙푸른 밤처럼, 끝나지 않을 젊음처럼 사랑해. 너의 마멀레이드빛 추억도. 그 안에 사로잡혀 영영 빠져나오지 않는 웃음소리. 그래 그 웃음소리를 사랑해. 버릴 수 없는 충동들을, 펼쳐지는 사건들을 나는 사랑해. 무너지는 건물, 자욱한 담배 연기, 너의 헛소리, 사랑해. 찢어버릴 만큼, 형

_________ 년 _______ 월 _______ 일 _____ 요일

오늘
사랑

체를 알 수 없게 두들겨 패고 싶을 만큼, 반사될 만큼 그것이 그게 아니게 될 만큼, 핏발 선 두 눈으로 길러 버린 손톱으로 성긴 서른 개의 이빨로 사랑해. 사랑해. 도망가지 마.

오늘
사랑

미신

올해는 삼재였다

밥을 먹을 때마다
혀를 깨물었다

나는 학생도 그만하고
어려지는, 어려지는 애인을 만나
잔디밭에서 신을 벗고 놀았다

두 다리를 뻗어
발과 발을 맞대본 사이는

서로의 임종을
지키지 못하게 된다는 말을
어린 애인에게 들었다

_____ 년 _____ 월 _____ 일 _____ 요일 오늘

소풍

나는 빈 가위질을 하면
운이 안 좋다 하거나

가구를 들여놓을 때도
뒤편에 王 자를 적어놓아야
한다는 것들을 말해주었다

클로버를 찾는
애인의 작은 손이
바빠지고 있었다

나는 애인의 손바닥,
애정선 어딘가 걸쳐 있는
희끄무레한 잔금처럼 누워

아직 뜨지 않은 칠월 하늘의
점성술 같은 것들을
생각해보고 있었다

오늘

소풍

힘

그는 매처럼 매섭다
네 눈의 중심을 옮길 수 있다
기원을 거슬러
너를 잠시 공중에 뜨게 할 수도 있다

너는 그를 사랑할 수 없다
곁에 두기에
그는 너무 강하다
너는 번번이 그에게 부친다

너는 나가떨어지고
날아가는 비닐봉지를 잡아채는
진공청소기처럼
그는 너를 자꾸만 빨아들인다

네가 할 수 있는 일은 고작 무엇이겠는가
또 다른 그를 부르는 것
너를 경계 위로 건져 올리는 것

_________ 년 _______ 월 _______ 일 _____ 요일

오늘 발생

또 다른 그는
그를 제압할 재능을
십분 발휘하고
이십 분, 삼십 분
원한다면 그것을 한 시간까지 끌어올리고

너는 구석에서
손을 꼭 쥔 채로 위태롭게 잠이 들고
네 주먹에 잡힌 마지막 먼지에
새끼손톱의 온기를 전하고

또 다른 그가 그를 물리치고
너는 또 한번 세계의 작동 원리를 이해하고

비로소 편안히 눈을 감고

지진이 난 후
지구의 가장 뜨악한 부위에서
한 그루 소나무가 솟아나듯

너는 잠시 후 또다시 발생하고

오늘
발생

바위

마름 없는 물이 흘러나오던 바위 아래에는 녹빛의 작은 소沼도 하나 있었습니다 밤이면 아이들이 서로의 서투름을 가져와 비벼대었고 새벽에는 무구巫具들이 가지런히 놓이던 곳입니다 촛농과 소주병과 인간의 기도와 어린 혀들이 오방으로 섞였습니다 어느 해 겨울부터 바위에는 부처가 들어앉아 있었습니다 한 처녀 무당이 그려두고 간 부처의 그림이 가부좌를 틀고 잔설을 덮고 있던 것입니다 비와 눈이 많았던 몇 해가 더 지나자 바지를 내리고 일을 보던 아이들은 바위 앞에 겁을 벗어두고 시내로 떠났습니다 빛에 바랜 부처의 상반신이 먼저 지워졌고 늙은 무당들은 바위로 오르지 않았습니다

이제 바위에 그려진 부처 그림은 보이지 않습니다 하늘이 넓어지려 넓어진 것이 아니고 물이 흐르려 흐르는 것이 아니듯 흐릿해지는 일에도 별다른 뜻이 있을까마는 다만 어떤 예의라도 되듯 바위 밑 여전히 진한 녹빛을 내는 소沼가 쉴 새 없이 몸을 뒤집고 있었습니다

슬픔은 자랑이 될 수 있다

철봉에 오래 매달리는 일은
이제 자랑이 되지 않는다

폐가 아픈 일도
이제 자랑이 되지 않는다

눈이 작은 일도
눈물이 많은 일도
자랑이 되지 않는다

하지만 작은 눈에서
그 많은 눈물을 흘렸던
당신의 슬픔은 아직 자랑이 될 수 있다

나는 좋지 않은 세상에서
당신의 슬픔을 생각한다

_______ 년 _______ 월 _______ 일 _______ 요일 오늘

아픔

좋지 않은 세상에서
당신의 슬픔을 생각하는 것은

땅이 집을 잃어가고
집이 사람을 잃어가는 일처럼
아득하다

나는 이제
철봉에 매달리지 않아도
이를 악물어야 한다

이를 악물고
당신을 오래 생각하면

비 마중 나오듯
서리서리 모여드는

당신 눈동자의 맺음새가
좋기도 하였다

오늘
아픔

가벼운 풍경

누가 종을 선물해줘서 방문에 걸었다 드나들 때마다 얼마나 흔들리던지 잠에 빠져서도 잠들지 못했다 폭우 침잠 다시 폭우 한낮은 끝나지 않았다 종이 흔들려, 들렸다 나는 종을 방문에 걸어둔 것을 후회하기 시작했다 종은 후회에도 흔들렸고 어떠한 가벼움도 지나치지 않았다 폭우 침잠 다시 폭우 한낮은 흔들리지도 들리지도 않는다 그것은 그것대로 거대한 종이었을까 매달려 우는 것일까 나는 지금껏 알지 못한다 창밖을 본다 젖은 것들뿐이다 그러니 가벼운 풍경 왼쪽 위에서 오른쪽 아래로 곤두박질치듯 새가 지나갔다 어떤 새인지 보지 못했다 어차피 나는 새의 종 따위 알지 못한다 종이 흔들렸다 네가 들어왔다

_______ 년 _______ 월 _______ 일 _______ 요일 오늘 흔들림

종소리에

나는 여기에 있다 나는 어디에 있었을까 하는 생각

생각을 흩트리는 종소리에 홀려 걸어 들어간
정오의 사원, 나는 거기 있었다 신도들이
차례대로 일어나고 성찬의 전례가
이어졌지 나는 신자도 아닌데
성체도 받아먹었어 그러면
안 되는데, 종소리에
홀려

내가 걸어
들어간 곳은
바닷속, 테트라포드를
밟고 내려가며 수면으로
퍼지는 종소리를 들었지 돌의
뒤로 어둠 속으로 사라지는 시선들은

_______ 년 _______ 월 _______ 일 _______ 요일 오늘

여기

글자를 읽을 수가 없었다 몸은 점점 울림
속으로 빠져들었고, 종소리에
홀려

내가 걸어 들어간 곳은 유수지의
회랑, 끝없이 돌고
도는 사람들의 얼굴은
모두 우리의 얼굴이었다 왜
나의 얼굴은 우리의 얼굴이 아니며
왜 나는 오직 나의 얼굴이며 왜
물음 속에는 둥근 파문이 있는 것인지
유수지에 물이 차오를 때까지
질문뿐인 질문을 중얼거리며, 종소리에
홀려

내가 걸어 들어간 곳은
모두 내가 듣지 못했던 소리들
이렇게 우리는 가끔 천국의 소리를 듣는다

오늘

여기

그해 봄에

얼마 전 손목을 깊게 그은 당신과
마주 앉아 통닭을 먹는다

당신이 입가를 닦을 때마다
소매 사이로
검고 붉은 테가 내비친다

당신 집에는
물 대신 술이 있고
봄 대신 밤이 있고
당신이 사랑했던 사람 대신 내가 있다

한참이나 말이 없던 내가
처음 던진 질문은
왜 봄에 죽으려 했냐는 것이었다

_______ 년 _______ 월 _______ 일 _______ 요일 오늘 창밖

창밖을 바라보던 당신이
내게 고개를 돌려
그럼 겨울에 죽을 것이냐며 웃었다

마음만으로는 될 수도 없고
꼭 내 마음 같지도 않은 일들이
봄에는 널려 있었다

오늘
창밖

면접

이름이 뭔가요?

전공은 뭐였지요?

고향에서 죽 자라났나요?

여기에 쓰여 있는 게 전부 사실입니까?

질문만 있고 답이 없는 곳에 다녀왔다

서 있어도

앉아 있는 사람들보다 작았다

가장 많이 떠들었는데도

듣는 사람들보다 귀가 아팠다

_________ 년 _______ 월 _______ 일 _____ 요일 오늘 질문

눈사람처럼 하나의 표정만 짓고 있었다
낙엽처럼 하나의 방향만 갖고 있었다

삼십여 년 뒤,
답이 안 나오는 공간에서
정확히 똑같은 질문을 던지기 위해

녹지 않았다
순순히 떨어지지 않았다

오늘
질문

책

팔리는 책 잘 팔리는 책 팔이 잘리는 책 표지가 죽이는 책 등장인물을 다 죽이는 책 독자를 질식시키는 책 처음부터 질리는 책 딱 질색인 책 머리를 때리는 책 눈을 자극하는 책 귀를 사로잡는 책 목을 뻣뻣하게 만드는 책 가슴을 울리는 책 배를 부르게 하는 책 허리를 쿡쿡 찌르는 책 등골을 서늘하게 하는 책 엉덩이를 근질근질하게 만드는 책 다리를 휘청이는 책 제발 부탁하는 심정으로 제 발 저리게 하는 책 발바닥을 간질이는 책 작가가 유명한 책 유명세를 톡톡히 치르는 책 이름 없는 작가가 쓴 유명한 책 이름값을 하는 책 마지막에 가서 제 이름을 잊어버린 책 제 명분을 잃어버린 책 작품 뒤로 작가가 숨어버린 책 작품 대신 작가가 전면에 나서는 책 비싼 책 아무도 사지 않는 책 훔친 책 아무도 팔지 않는 책 가판대에 쌓인 책 수많은 사람들의 손때가 쌓인 책 누구나 다 읽는 책 창고에 쌓인 책 수북이

______ 년 ______ 월 ______ 일 ______ 요일 오늘 책

먼지 쌓인 책 그 누구도 읽지 않는 책 작가가 사랑하는 책 작가만 사랑하는 책 작가가 외면했지만 대중에게 사랑받는 책 한 번도 속을 내보인 적이 없어 적이 없는 책 스스로 입 벌리는 책 다물지 않는 책 내가 썼지만 그 안에 정작 나는 없는 책 16페이지가 감쪽같이 사라진 책 문체가 사라진 책 맥락이 사라진 책 책꽂이에서 사라진 책 도서관에서 사라진 책 나라에서 추방당한 책 물성을 상실한 책 거대한 먼지가 되어 떠돌아다니는 책 들 수도, 들을 수도 없는 책 오직 기억에만 있는 책 귀퉁이가 여럿 접힌 책 잠자고 일어났더니 감쪽같이 사라져버린 책 아무 데나 버젓이 있는 책 아무 데서도 팔지 않는 책 잠자코 잠자는 책 지구상에 남은 마지막 한 권의 책 막 발견된 책 갓 발굴된 책 내가 산 책 지갑을 열어, 마음을 열어 내가 살리는 책 마침내 책이 된 책 나의 책

1년

1월엔 뭐든지 잘될 것만 같습니다
총체적 난국은 어제까지였습니다
지난달의 주정은 모두 기화되었습니다

2월엔
여태 출발하지 못한 이유를
추위 탓으로 돌립니다
어느 날엔 문득 초콜릿이 먹고 싶었습니다

3월엔
괜히 가방이 사고 싶습니다
내 이름이 적힌 물건을 늘리고 싶습니다
벚꽃이 되어 내 이름을 날리고 싶습니다
어느 날엔 문득 사탕이 사고 싶었습니다

4월은 생각보다 잔인하지 않습니다
그 이유는 단 하나,
한참 전에 이미 죽었기 때문입니다

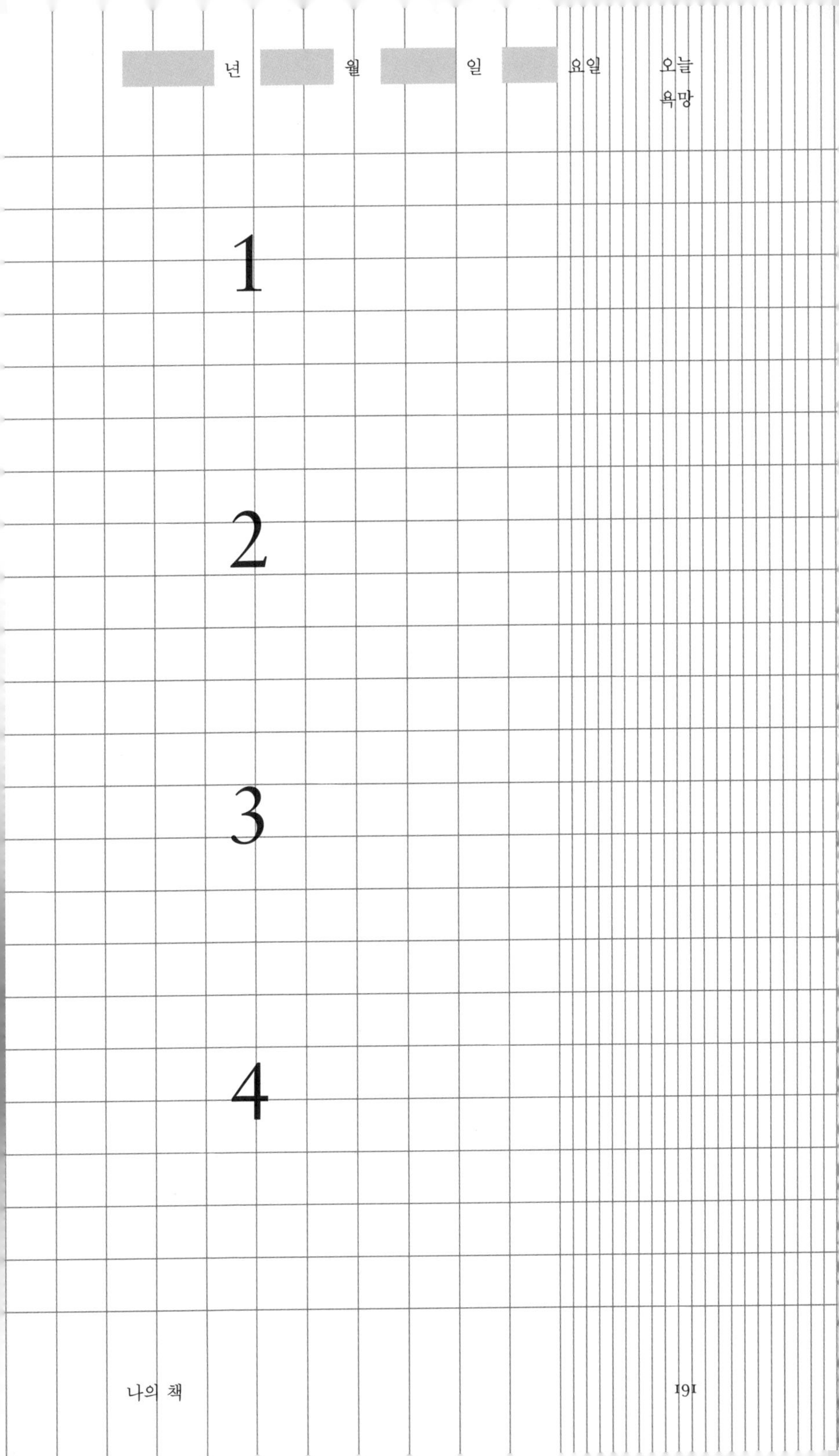
년 월 일 요일
오늘 욕망
1
2
3
4

5월엔 정체성의 혼란이 찾아옵니다
근로자도 아니고
어린이도 아니고
어버이도 아니고
스승도 아닌데다
성년을 맞이하지도 않은 나는,
과연 누구입니까
나는 나의 어떤 면을 축하해줄 수 있습니까

6월은 원래부터 좋아하지 않았습니다
아무것도 하지 않는다고 해서
내가 꿈꾸지 않는 것은 아닙니다

7월엔 뜨거운 물에 몸을 담가봅니다
그간 못 쓴 사족이
찬물에 용해되었습니다
놀랍게도, 때는 빠지지 않았습니다

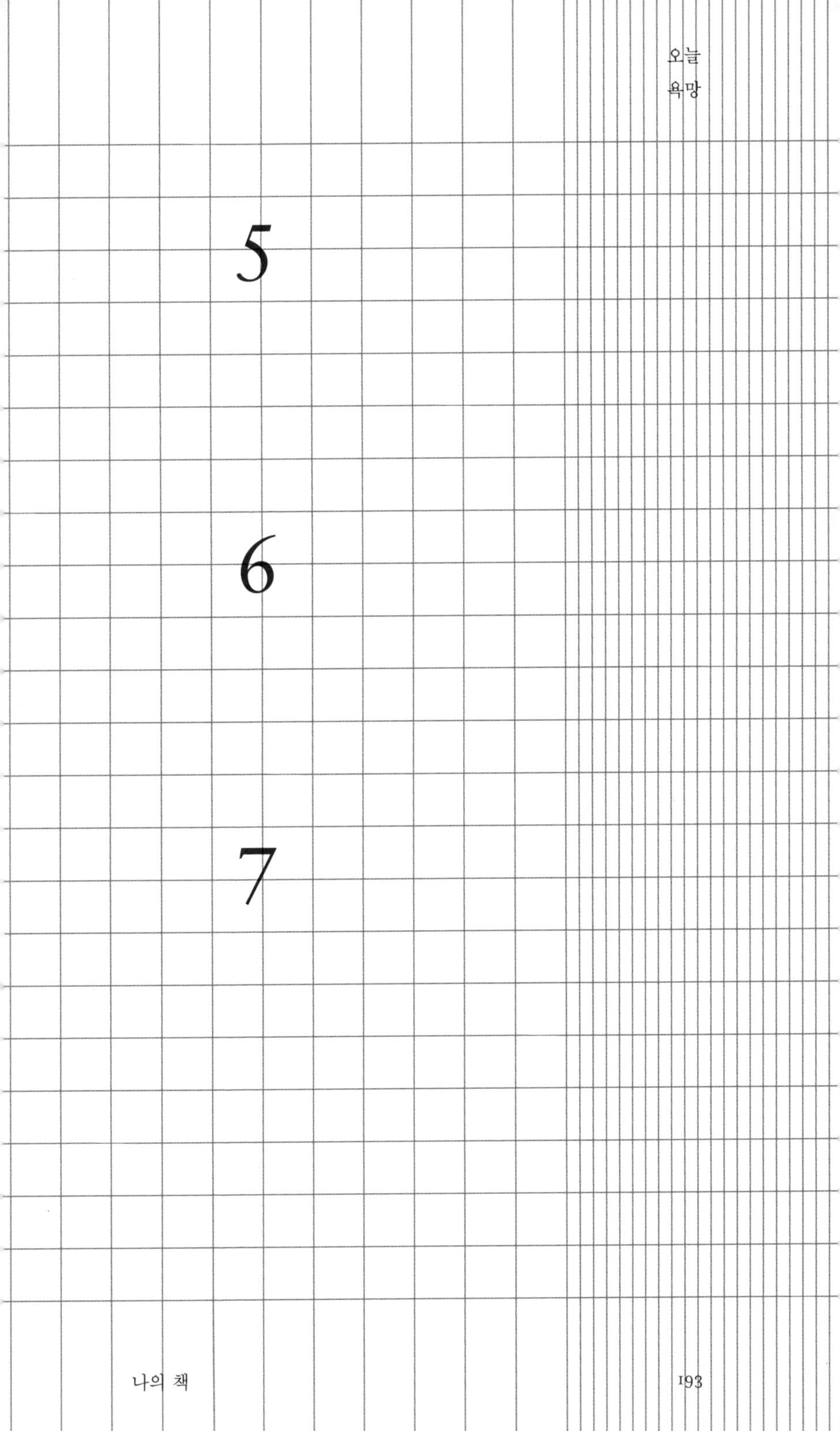

5

6

7

8월은 무던히도 무덥습니다
온갖 몹쓸 감정들이
땀으로 액화되었습니다
놀랍게도, 살은 빠지지 않았습니다

9월엔 마음을 다잡아보려 하지만,
다 잡아도 마음만은 못 잡겠더군요

10월이 되었습니다
여전히, 책은 읽지 않고 있습니다

11월이 되었습니다
여전히, 사랑은 하지 않고 있습니다
밤만 되면 꾸역꾸역 치밀어오릅니다
어제의 밥이, 그제의 욕심이, 그끄제의 생각이라는 것이

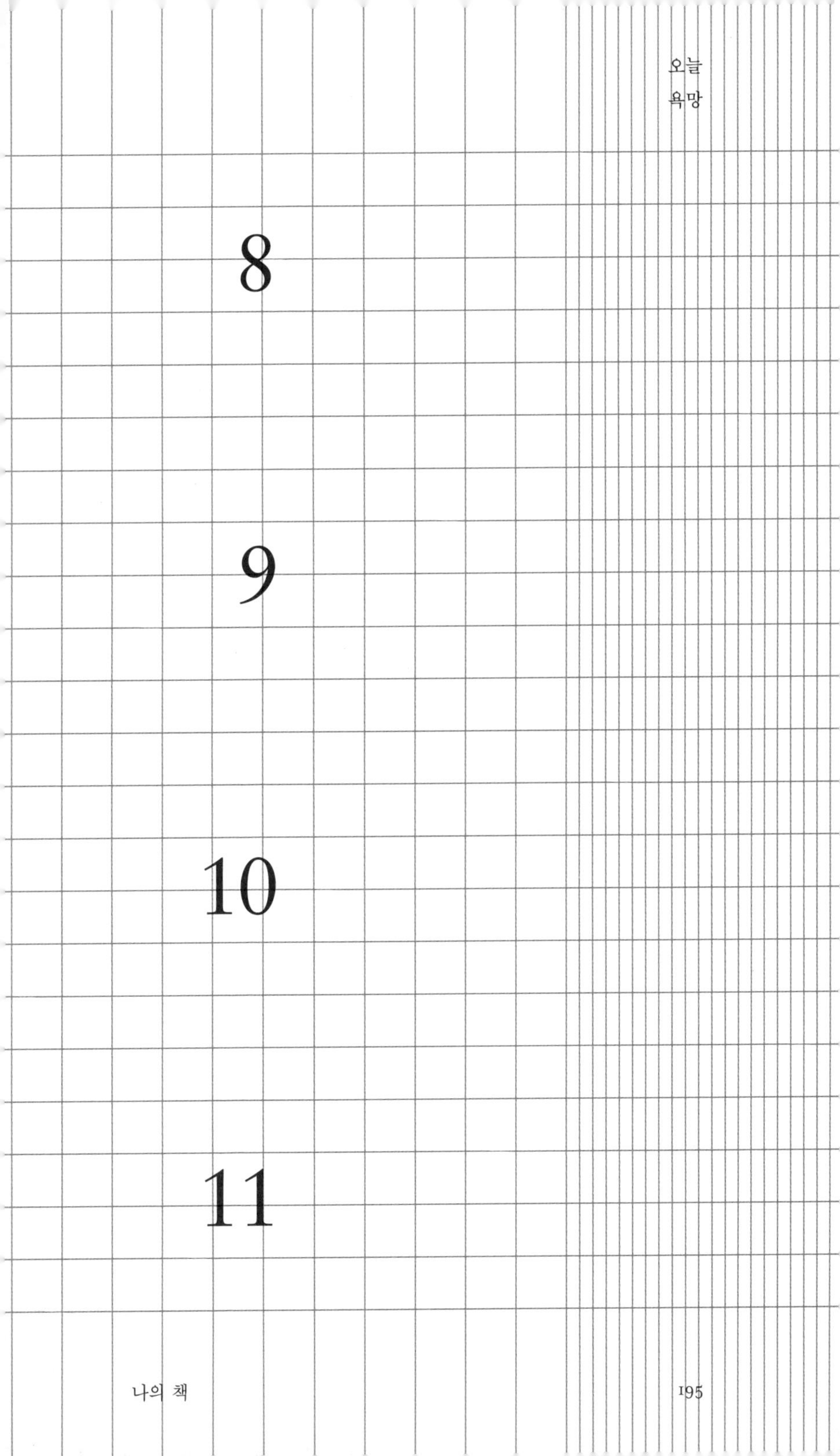

8

9

10

11

12월엔 한숨만 푹푹 내쉽니다
올해도 작년처럼 추위가 매섭습니다
체력이 떨어졌습니다 몰라보게
주량이 줄어들었습니다 그런데도
잔고가 바닥났습니다
지난 1월의 결심이 까마득합니다
다가올 새 1월은 아마 더 까말 겁니다

다시 1월,
올해는 뭐든지 잘될 것만 같습니다
1년만큼 더 늙은 내가
또 한번 거창한 계획을 세우고 있습니다
2월에 있을 다섯 번의 일요일을 생각하면
각하脚下는 행복합니다

나는 감히 작년을 승화시켰습니다

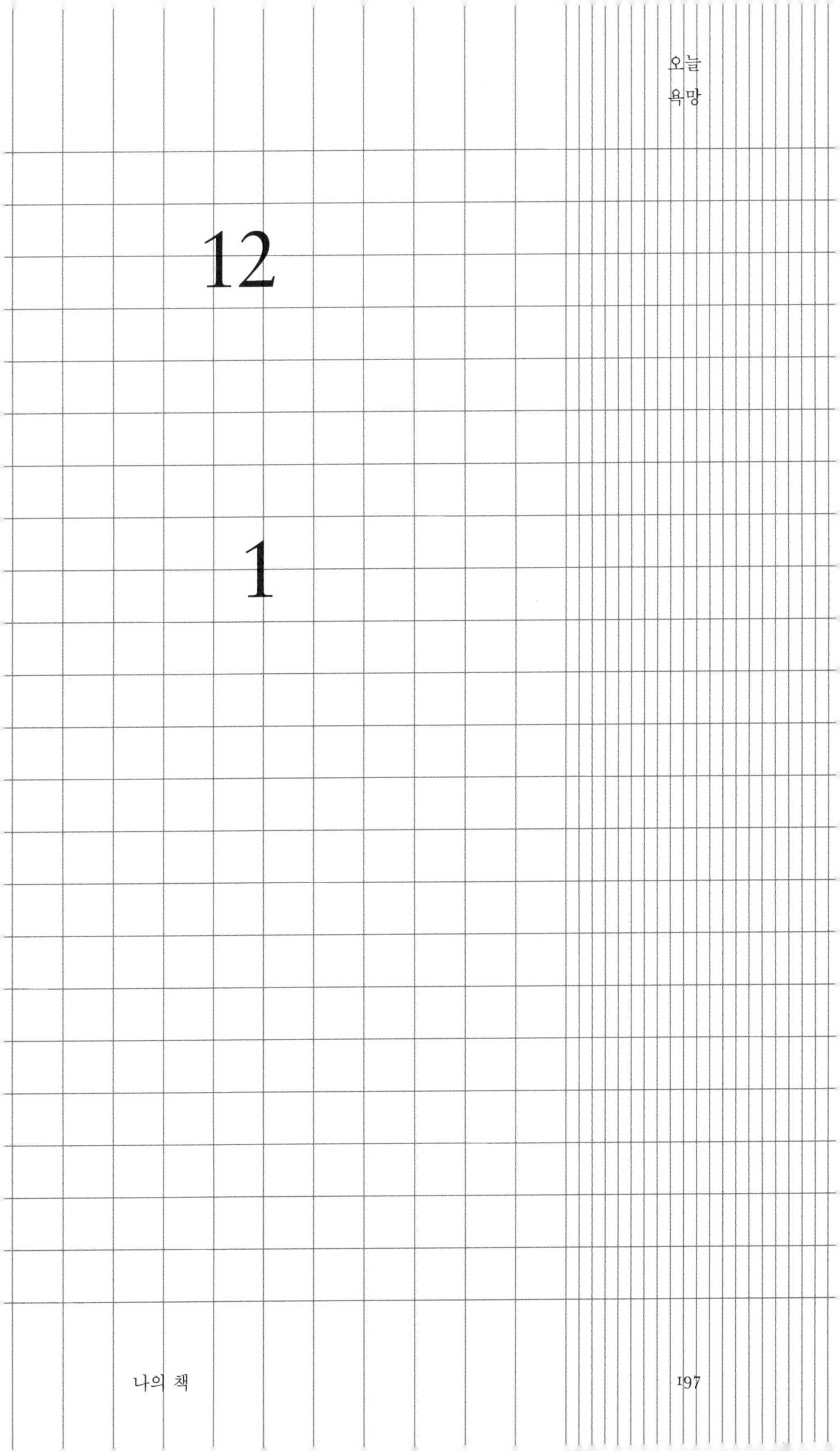
오늘
욕망
12
1

에필로그

창밖으로 보이는 바위산들을 바라보는 일로 내 유년의 대부분은 채워졌다. 책상에 앉아 희고 너른 암벽을 오래 바라보다 보면 그것이 꼭 도화지 같기도 하고 칠판 같기도 해서 나는 눈으로 그림을 그리거나 혼자 좋아하던 같은 반 여자아이의 이름을 쓰고 지울 수 있었다. 더 시간이 흘러서는 나는 바위가 아니라 노트에 글을 적기 시작했다. 처음에는 일기와 편지의 형식이었지만 나중에는 산문과 시로 변했다. 마음에 드는 시를 적는 날보다는 그렇지 못한 날이 많았지만 아무 글자도 적히지 않은 종이를 구겨 버린 적은 없었다. 세상의 모든 가능성과 설렘과 두려움은 어쩌면 백지白紙 위에 있는지도 모른다.

— 박준

시를 읽을 때 느끼는 감흥도 있지만, 시를 쓸 때 느끼는 감흥도 있습니다. 시를 쓸 때 느끼는 감흥은 시를 읽을 때 느끼는 감흥과는 조금 다릅니다. 그 감흥이 삶에 스친 풍경들을 되새기는 데서 오는 것인지, 당신의 마음과 나의 마음이 자리바꿈하는 데서 오는 것인지, 주인을 기다리고 있던 단어들을 발견하는 데서 오는 것인지는 잘 모르겠습니다. 어쨌든 저는 그 감흥이 좋아 시를 계속 썼습니다. 시를 아는 가장 좋은 길은 시를 함께 써보는 일입니다. 이 책을 통해 시를 쓰는 기쁨을 미약하나마 함께 나누고 싶습니다.

— 송승언

누군가의 시를 따라 써본다는 것은 결국 스스로에게 한 발짝 다가가는 일인 것 같다. 단어들을 힘주어 적거나 흘려보내면서 나를 두드리는 말을 찾는 일, 누군가의 시선으로 나를 그윽하게 바라보는 일, 누군가가 해놓은 말 속에서 나를 발견하는 일, 그리고 빈칸에 나의 사연을 적어 시에 나의 삶을 입히는 일. 단어처럼 외로운 순간, 문장처럼 온전한 순간, 그리고 시처럼 가능한 순간이 당신에게 오늘 찾아들었으면 좋겠다.

— 오은

어려운 일이 많은 와중 들어온 제안에 거절 비슷한 것도 해보았으나 결국 하게 된 것은 세 시인의 이름 때문이었다. 기묘한 조합인데, 왜 그런지 설명하긴 어렵다. 아무튼 동일 멤버로 또 모이기는 쉽지 않지 않을까 싶다. 그래서인지 빠짐없이 즐거웠다. 회의가 끝나면 어쩐지 귀한 사람이 되는 신기한 경험도 했다. 여기의 시를 한 줄 두 줄 적다 보면 당신에게도 찾아올 경험이다. 고맙다. 모두.

— 유희경

평소 시를 잘 읽지 않는다는 말을 입에 달고 지내는 나에게 어쩐 일인지 1년 사이 시를 다루는 작업이 연이어 찾아왔다. 두 번째 작업이 끝나가는 지금 나는 여전히 시를 잘 읽지 않으며, 시를 잘 알지 못한다고 생각하고 있지만, 그럼에도 한 가지 깨달은 것이 있다. 그것은 읽는 방법으로서의 '쓰기'가 갖는 힘과 즐거움에 관한 것이다. 기실 그것은 몰랐던 사실의 깨달음이 아니라, 알고 있었지만 퇴화된 어떤 감각의 재생 같은 것이리라.

— 강경탁

박준의 시

지금은 우리가
연풍
좋은 세상
마음 한철
뱀사골
소리들
환절기
세상 끝 등대 2
세상 끝 등대 3
용산 가는 길 – 청파동 1
당신에게서 – 태백
미신
바위
슬픔은 자랑이 될 수 있다
그해 봄에

송승언의 시

물의 감정
사양
우리가 극장에서 만난다면
조용함
빛의 파일
론도
건설
화원
피동사
이장移葬
종소리
경이의 방
성문에서
법 앞에서
종소리에

오은의 시

이력서
키스
말실수
나머지
귀하다
식충이들
변신
그 무렵, 소리들
0.5
미니시리즈
구원
힘
면접
책
1년

유희경의 시

珉
구름은, 저녁마다 몸을 감춘다
닿지 않은 이야기
당신의 자리
내일, 내일
드리움
조용한 凶 – 나무 셋
비밀
魅惑에 이르는 시간
심었다던 작약
면목동
소년
불면 – 나무 서른넷
도망갈 수 없게
가벼운 풍경

단어
창고

월
피조물
해바라기씨
향기
눈송이
통영
병사
말
창밖
아가씨
시간
에르호
꿈
환자
폭우
지구
신비
손
팝콘
당신
어둠
여자
바늘
눈물
지금
그대
추위
오늘
서랍
남편
주사
내일
전화
새벽
선생님
슬픔
사람
바지
여자아이
단어
병원
다리
오른쪽
입자
온도
우리
고개
저녁
아밀라아제
나머지
열쇠
여기
사건
복숭아
처음
바다
목소리
뭉게구름
눈발
절벽
바람
하나
아주머니
마당
혼자
마스크
소크라테스
웃음소리